Salvemos a los animales

por Layne deMarin

Tabla de contenidos

Consultora:
Adria F. Klein, Ph.D.
California State University, San Bernardino

capstone classroom
Heinemann Raintree • Red Brick Learning
division of Capstone

Animales en peligro

Todos los animales del mundo necesitan comida, abrigo y agua para vivir. En muchas partes del mundo, el **hábitat** de los animales está en peligro. Esto significa que los animales que viven en esos lugares también están en peligro.

A veces destruimos el hogar de los animales para dar cabida a nuestros propios hogares. A veces cazamos animales para capturarlos o matarlos. Algunos animales están en peligro de desaparecer para siempre. Estos son animales **en peligro de extinción**.

Elefantes en peligro de extinción

Estos elefantes viven en África. Necesitan comer a diario muchos tipos de plantas diferentes para mantenerse vivos. Se necesita mucha tierra en la que crezcan suficientes plantas para que los elefantes coman.

Algunas personas en África construyen granjas en la tierra donde viven y se alimentan los elefantes. Las personas necesitan cultivar alimentos para comer. Los elefantes también necesitan alimentos para comer. Es un problema difícil de resolver.

Leopardos en peligro de extinción

Los leopardos de las nieves viven en lugares fríos y nevados. Su gruesa piel les mantiene el calor del cuerpo. Muchas personas consideran que la piel del leopardo de las nieves es placentera a la vista.

Algunas personas quieren comprar abrigos y otros artículos fabricados con la piel del leopardo de las nieves. Los cazadores los matan y venden la piel, aun cuando es ilegal. Esta matanza ilegal se llama **caza furtiva**.

Osos en peligro de extinción

Los osos polares viven en el Ártico, donde hace mucho frío. Se alimentan de focas, lo que hace que sean muy gordos. La grasa del cuerpo los mantiene cuando no pueden cazar su alimento.

El **clima** del ártico se ha vuelto más cálido. Los osos polares solo pueden cazar focas cuando hace mucho frío. En la actualidad, no tienen demasiado tiempo al año para hallar alimento. Y eso los pone en peligro de extinción.

Pájaros en peligro de extinción

El guacamayo escarlata es un ave hermosa. Vive en la selva tropical. Está en peligro porque muchas personas lo quieren como mascota.

Se capturan y venden muchos guacamayos escarlata. Si se sacan muchas aves de la selva tropical, es posible que no queden suficientes para que empollen nuevas crías. Entonces los guacamayos escarlata podrían desaparecer para siempre de la Tierra.

Hurones en peligro de extinción

Este hurón vive en la pradera. Los hurones comen perros de la pradera. Cuando los granjeros plantan cultivos en la pradera, los perros de la pradera se van. Entonces los hurones no tienen alimento suficiente. Esa es la razón por la que están en peligro

Las personas tratan de ayudar a los hurones criándolos en **cautiverio**. Los mantienen sanos y alimentados hasta que se les encuentra un lugar seguro para liberarlos nuevamente en su hábitat natural.

Salvemos a los animales

Los científicos hacen un seguimiento de los animales. Cuentan cuántos hay. Saber qué animales están en peligro. Es el prime paso para saber cómo ayudarlos.

Una **reserva** es una zona especial donde se protege a los animales. Las personas pueden ir a ver animales que están en peligro. En todo el mundo, las personas trabajan juntas para salvar a los animales. ¡Es una forma importante de proteger nuestro planeta!

Glosario

cautiverio zoológico u otra zona de contención

caza furtiva caza ilegal de un animal protegido

clima el tiempo de una zona en particular

en peligro de extinción en grave riesgo de desaparecer

hábitat zona donde grupos de animales viven y buscan alimento

reserva territorio destinado para que vivan los animales sin que los molesten las personas